봐봐

옴막한
구덩이 물에도

하늘이
고여 있어

봐봐

옴막한
구덩이 물에도

하늘이
고여 있어

김봉년 시집

바라보게 할 세상으로 고개 끄떡이는 글

바른북스

시인의 말

바람이 일어 봄에 퍼 올린 버즘나무 순들이 바람에 몸을 맡기고 흔들어 댑니다. 잠시 바람이 지나면 금방의 흔들림을 깡그리 잊은 것처럼 서 있습니다. 기억이 세월로 덮이면 잊히고 지워져 오늘만 살아낸 것처럼 보이게 합니다.

몰랐습니다.
내게 스쳐 간 지난날의 일어나는 마음과 불 켜진 촉을.
계절이 지나가는 길목에서, 생이 펼쳐지는 현장에서, 서 있는 지점에서
흘러가는 맘을 붙들어 새겨둔 시를 정리하면서,
잠시 머물렀던 마음 들킴
순간 일어난 심정의 물결
몸에서 뛰쳐나온 마음의 조각들이
고스란히 잠겨 있다가 웅크린 관절이 펴지듯 벌떡 일어나
그날의 촉으로 되살아난다는 것을.

사는 오늘이
우주에 내 발자국 새기는 일

우주에 피워진 꽃, 햇살 보는 일
바라본 세상을
바라보는 당신께
바라보게 할 세상으로
고개 끄떡이는 글이기를 소원합니다.

배움 없이
길에서
마음이 흘린 자국을 새겼습니다.

2024년 6월
김봉년

P.S. 아들의 석사 졸업을 축하하며
시집 출간으로 기쁨을 보탭니다.

목차

1부

2부

1부

삶

삶이란
하루의 씨앗을
마음 바람으로 고랑을 타
생이 다할 때까지
하루하루를 심어가는 것

정동진에서

한량없음을
푸르른 물빛에서
밀려오는 굼실거림에서
팽개쳐지는 물 자락에서
되돌아 엥기는 미끄러짐에서
보았나이다

쉼 없이 굼실굼실 살아야 한다고
팽개쳐지는 날도
흩어져 흘러내려야 만날 수 있음을
바위에 찢어지는 물 자락 소리가
하얗게 소리쳤습니다

움큼

밤하늘
한 마리 새
어둠 속을 날아갑니다

너는 새
나는 사람
우주의 하나로 비기질 못합니다
존재로 고독하며
존재로 위로하는
우주 속
너 하나 나 하나
움큼!
밤하늘이 하나를 던져 놓고
깊숙이 덮어 버립니다

말문

사람 되어
바람 되어
꽃이 되어
서로 말문을 연 날은 우주와 교감한 날

봄 뜰에
꽃이 필 땐
만사를 제치고 가볼 일이다

강진을 가다

강진을 누빌 줄 누가 알았겠나
정약용 선각자도 몰랐을 거고
초의선사도 몰랐을 거다

인생길 가다 보면 동백숲도 지나고
태풍 몰아치는 밤
편백 나무숲에서 숙박하는 날도 옵디다
살다 보니 호강한다는 게 이런 것 아니겠는가

가다가다 지치면 지난 길 묻어둔 행적
캐어내어서 그 길 향기로 눈감아 봅시다

산다는 게 지난 일 돌아보며
미소 머금는 일 아닌가

고대합니다

제철이면 기어코 오고 마는 꽃을 보며

내게 아직 기다리는 뭣이 있습니다
왔다 갔는지
지금 와 있는지 알 수 없어서
오지 않았기를
오고 있기를 기다립니다

사람꽃
제철에 기어코 와서 맘껏 피었다가
마음까지 온전히 지기를 고대합니다

겪어봐야 알 일

바람과 을씨년스러운 먹구름과 퇴근하다가
요놈들만 밖에 두고 쇼핑하고 나왔더니
밤과 비와 바람이 만나 사정없이 후려친다

어릴 적 비 오는 날
달구새끼 마루에 올라 지질지질 더럽히면
작대기 들고 휘저어 사정없이 쫓아낸 기억
이 밤 비바람 닮았다

비바람 후려침을 도리 없이 맞고 간다
마루 밑 들어가는 달구새끼 처지가 이랬으리
세상의 서러움은 겪어봐야 알 일

5월의 산책

청록이 반지르르한 감 잎사귀 사이로
오동통한 감꽃 피었다

계수나무는 둥글둥글하게 잎들을 단속하고
비녀 꽂은 어머니처럼 정갈한 모습으로
하늘을 섬긴다

장미는 붉게 꽃 피워 향기로 초대하고
먼 길목까지
향기 띄워 배웅한다

모이 줍는 비둘기는 고개 들어 쳐다보고
콩콩 뛰는 참새는 줍던 먹이 던지고
울타리 숲으로 도망친다

비구름 하늘을 뒤덮고 후덥지근한 공기는
만물을 소생하는 물 되느라
열병을 앓는다

성과급

성과급 S
성과급 A
성과급 B
노고를 돈의 값으로 매겨지는 명칭이다
야릇하다

걸어온 어제들이 쌓인 언덕에서
내려다본다
멈춰서 더듬는다

봄 되면 물올라 봄꽃이 피듯
살다 보면 인간사 전도양양하리란 맘
한결같이 씩씩한데

어쩔까!
돈을 내세운 잣대에
세상의 톱니바퀴가 돈다

사람의 삶을
돈 앞에 줄을 세워

처절하게, 모질게
삶을 얻게 한다

허어!
씁쓸한 입맛이
온몸에서 움튼다

성과급

세월이 새겨준
감성과 쓸모와 어머니 젖줄 같은
삶의 재미를
말려버린다

돈 앞에 줄을 세워
등급 매겨 돈으로
맛없는 세상이다

귀먹어도 등급
안 보여도 등급
못 걸어도 등급
품샀에도 등급
태어남도 보호 등급

값으로 환산된다

성과
등급
길들어져 가는
보통 사람의 삶
맵고 아프고 쓰리다

삶이 등급 되고
등급이 돈 되고
돈이 밥 되고
밥이 생명 되고
생명이 등급 따라
죽고 살려지는
차별화된 인간 군상의
생계

6월의 뜰

감 엄지손톱만큼 작다
버찌 까맣게 익었다
등나무 콩깍지 여리게 달다
접시꽃 피었다

벤치에 앉은 여인
피고 지고 세월이
노파로 앉혔다

먹이

고기 한 덩이를 던져준다
개들에게
순간
고깃덩이 차지하려
어울린 그 땅이
피 터지는 싸움장으로 변한다

한 놈이 차지해서 입속에 넣는
순간
피 흘리는 싸움 폭풍은 지나고
한 입 먹은 개도
못 먹은 개도
눈 깔고 냄새 맡으며
숨 할딱인 채
다시 개로 걷는다

피 터진 살갗
절룩이는 다리
설움 찬 눈
한 덩이 먹이 앞

존재의 형상

눈매는 깨진 유리창처럼
털은 기름 닦인 걸레처럼
기상은 날개 꺾인 잠자리처럼
날 날을 이어간다
한 덩이 먹이 앞에서

덜컥 물 수 있는
고깃덩이
성과
헥헥거리며 개들이
사방을 헤맨다

하지에

낮이 가장 길다는 하지입니다
내일은 기울어가는 낮일 테지요
그래서 씨앗으로 종결하는 가을이 오고
내 존재의 엄숙함을 찾는 엄동설한 겨울이 온 후
가장 낮이 짧은 동지가 옵니다

시간이 돌고 돌아 그 여름 시절의 반대편 겨울
시간에 실려 떠가는 생사의 다름이 순간
존재의 절기임을 놓아두고 갑니다

삶의 정점에서
출근하는 버스 속 공간이
존재하는 내 우주로 펼쳐집니다

너 보이기까지

떠오른 태양
녹음 짙어지는 가로수
줄지어 출근하는 사람들
삭아서 못 빠진 다리 위 나무 발판
숨 쉬듯 무심히 흘리고 살았습니다

오늘은
어젯밤 글 한 줄로 맘 눈이 뜨여
너 있고 나 있고
절절하게 즐비하게 온 세상이
마음을 뚫고 달려듭니다

존재는 생각의 촉수로 살고 있음을

풍요 옆 팽개쳐진 구석

장맛비가 연일 쏟아진다
나뭇가지 늘어져 찢어질 만큼
지치도록 물을 마셔 구역질할 만큼
천지에 물이 넘쳐 물 내음 싫을 만큼

오매!
베란다 구석
물 말라 시들어
죽어가는 생명 있다

벽 하나 사이
한 걸음 저편
멀지 않은 바로 옆
견딜 수 없는 목마름이 있다

참새의 결기

검은 구름 조각난 틈새로
파란 하늘 한없이 깊다
큼직한 먹잇감 설피 물고
뒹굴며 추락하는 참새 한 마리
삶의 의지가 사선을 넘는다

땅바닥에 부딪혀도 정신 놓지 않고
꿈틀거리는 먹잇감 콕 찍어 당차게 물고
콩콩 가는 참새

너로부터 심장이 콩콩 뛴다
저렇게 살아야 되는데
저렇게 고파야 하는가
치열한 삶이다

먼 훗날

내 힘으로 목욕하고
아작아작 무 썹어 먹던
그 시절이 서럽게 그리워질 거야

빨랫감 툭툭 털어 널고
친구 보러 버스 타고 간
그 시절이 절절한 그리움일 거야

아들놈 꼿꼿하게 눈매 세운 저항을
고함으로 잠재웠던
그 시절이 애끓게 그리울 거야

통장에서 돈 꺼내
사고 먹고 선물한
그 시절이 그리움으로 아련히 서 있을 거야

꺼져가는 촛불처럼
삶이 보타서 사그라들 즘에

제헌절

나, 이 땅에 있네
오늘 아침
창밖에 태극기 꽂네

우주의 유일한 하나
절대의 존재
나

우주의 이곳에 떨궈져
살아내는 곳
사람의 치도곤에 울타리 되어준
헌법

오늘
소름 돋게 송곳처럼 뚫고 나와
고마운 마음 팽팽하게 흐르네

고맙소
마음
찾아와 줘서

바람이 전하는 미소

아궁이에 불 때서 팥죽 쑤던
소싯적 여름
대나무 와상 가에 모깃불 연기 피웠다

톡톡 쏘는 땀띠가 훈장처럼 주어진 여름 대낮
웃옷 벗고 샘물로 등물하는 남자의 특권이 부럽던
소싯적

깜깜한 밤에만
둘레둘레 부끄러이 샘가에 앉아
찬물 자락에 소스라치게 놀라며 멱감던
애기 아가씨 적 그 우물가
귀퉁이에 자란 이끼까지 초록초록 떠오른다

지금
빨래 개는 아침나절 열어둔 문으로
한줄기 시원한 바람이 스치고 지난다

소싯적 고향 생각
바람 한 줄기가 놓고 간다

바람이 쳐놓은 그물에
미소 잡혔다

요양원 가신 날

살아온 그 많던 날 중
하필이면 이렇게
비와 천둥이 칩니까
오늘

육신 닳도록
밥 끓여 먹던
내 새끼 키웠던
이곳 떠나는 날

드나들던 대문
육신의 무거움 이기지 못하고
누워서 맨발로
들것에 실려 나가신 어머니

오롯이 내 새끼들
움직임의 파동이 서러워
아파서일까
멍하게 뜬 엄마의
눈동자가 공중을 헤맵니다

낯선 곳 요양원에
엄마를 두고 온 날
비 오고 천둥이 칩니다

하늘도 슬프고
우주 공간에 꼭 나만
애끓는 숨을 쉽니다

인연
삶
이별
오늘 밤하늘에 수많은 무늬를 그려 넣겠습니다

오!
어머니!

아찔하옵니다

초저녁 하늘에 반달 떴다
이틀 뒤엔 독일에서 하늘을 본다
그 하늘 반달 쪼금 클까?
그 하늘 그 달 보며
깜짝 놀라야지

오십여 년의 세월을 몸에 채우고 간다

어릴 적 학교는 두메산골
산 넘고 또랑 넘고 또 들길 따라서
잡초 무성한 흙길이었지
가고 오는 두 시간 거리
세상은 이런 거라 숙명처럼 살았지

홍길동 기백을 책에서 부여잡고
달나라 같은 도시 세상으로 배움터 옮기던 날
고향 마을 멀어지는 발걸음마다
두려움 가슴에 꾹꾹 넣었지
완행버스 일곱 시간
막히면 아홉 시간

입석은 넉넉한 기본
덜컹대는 버스에서 사람의 삶을 보았지

찬란한 내일이 있다는 믿음

또 십여 년이 흘러
취직한 서울 땅에서 명절이 오면
스물두 시간을 견디며 고향 땅 찾았지
효와 덕과 생의 질서를 체득하며
결코, 생의 근원은 혼자가 아니라고

그리고 세월 흘러
뜨거운 여름날 독일로 향하네
비행기 타고
멋있게 각진 의자에 나란히 앉아
공중에서 밥상 받고 오줌도 싸고
하늘에서 잠도 잔다네
열한 시간 십 분으로 독일 땅을 밟는 다네

천하에 없을 일이 내게 왔네
옆 동네 가기만큼
먼 나라 독일을 나는 가네

그곳에 심어진 삶 보고 올 테요
그곳 하늘 반달도
나무를 스치는 바람도
콕콕 찍어 담고 오리다

가을이 내릴 때까지

더운 햇빛 아래
혓바닥 꺼내놓고
거칠게 숨 쉬는 개
영, 살기 싫은 걸음이다

여름 한낮
놀이터 모래밭에
양다리 어슷하게 펴고 자빠져
날개 죽지 널어놓은 참새
아고! 때 빼는 목욕 중?
참, 새싹 돋듯 살고프네

묵직한 더운 공기 속
가을이 스며들어 숨었다

가을 뿌리
하얗게 내릴 때까지
여름아,
할딱이며 살아내는 생명의 터에
뒤이을 씨앗 익을 만큼 여름 주고
가

그렇게 머물다

큰비 내렸다

지푸라기 물 따라 떠 가다
버드나무 가지에 걸렸다
동무한 물은 가고
물줄기만 바라보며 걸치었다

버드나무 새잎 돋아 큰 키 만들고
비바람 눈서리 오만 세파 겪을 제
지푸라기도 걸친 곳 하 세월 세파 견뎠다

생!
순간의 걸쳐짐인가?

어느 모질게
비 태풍 불던 날
지푸라기 바스라기로 물에 떨어져
물 따라가 버렸다

가고 오는 길목

호수는 하늘을 품속에 안고
어쩌다 커버린 강가의 나무는
무성한 여름날을 회상하듯
물에 비친 제 모습을 본다

어느 하나 가을이 옴을 저어하지 않고
돌 틈 사이, 풀잎 새, 바람 사이사이까지
가을 길 놓는다

채 익지 못한 열매
덜 자란 가재
날지 못한 물새는
이 밤을 허둥댈는지

잡초 우거진 풀밭에서
귀뚜라미 울어댄다
오매불망 기다렸는지
가을 기운 탔다

뭣 때문에

초파리 공중을 날다

환한 빛 얼마나 좋으랴
허허 광야 얼마나 벅차랴
하늘 치솟은 날개 죽지 힘
활활
환장할 테지

초파리 생의 절정

살아야 할 애탐도
배우는 업보도
쌓을 창고도
아껴 둔 열정도
무(無)

섭리에 즙 빨고
섭리에 날개 치다
느닷없는 죽음으로
날갯짓 멈추는

섭리 따라가는 것을

전기체 불꽃으로 산화
육체의 내음 뿜어
우주에 섞이다

생의 엄중함에
너
뭣 때문에 전개 채로?
뭣 때문에?

하옵소서

발목 잡아 봐요
강단지게 생긴 발목 좀 봐요
수십 년 세월을
나를 태워 다녔소

가녀린 제비꽃이 생각이 나요
돌 틈새 강단지게 솟아 나와
바람에 흔들리며 하늘을 봤음을

민초들의 고함을 들어 보소서
땅을 차고 솟아올라
하늘에 심었소
천만년 영원토록 피어나게 하옵소서

도리어 오는 당신

한 걸음 늦었다고
문 닫고 떠난 너
땅을 내리 차며
발버둥 쳤다

두 걸음 늦었더니
막 떠난 너
조용히 눈 돌려
뒷모습만 봤다

열 걸음 늦었더니
네 모습 없어서
마음 졸여
그대를 기다렸다오

막 떠난 그림자엔
원망이 살아나고
떠난 뒷모습에
세월이 쌓이면
도리어 그리움 되어
되돌아옵니다

발자국

눈길을 걸었습니다

손잡은 노년 부부가 지납니다
엄숙을 머금은 청년이 지납니다
앞만 보고 발자국 남지 않는 콘크리트 길을
바쁘게 갑니다

텅 빈 놀이터 모래 위
어지러운 발자국
쌓인 눈에 찍혔습니다

삶이 생각을 따라와
사라져간 발자국에
연민의 정을 놓습니다

쥐똥나무 울타리 빠져나와
바삐 지났을 한 쌍의 비둘기 발자국
얽혀서 지났다 다시 나란히
또 얽히고 나란히

허투루 찍힌 발자국은 없으리

새똥 받은 흙은
우거진 소나무를 키우고
소나무는 새들을 보듬어
오늘 하루를 살게 하리라

흔적없이 세월 속에 사라진 발자국
시작된 곳에서
지금 이 순간까지
끈기 있게 따라와
그대 당신 발아래 있으리

태풍 전야

배나무는
혹시나 갈릴 애통을 나누며
찢길 가지와
떨릴 열매에게

숙연하게 물 먹이는 중

훗날

지천명에 이르러 새벽에 동터오듯
어머니 삶이 조금씩 밝아진다

사방 갈래 천 리 길 자식 하늘에
맘 나누어 가슴에 심어두고
힘 저무는 지금도
자식만을 정성하는

훗날
나
그 자리 머물 즘
깊숙이 들어간 눈망울로
자식 하늘 바라보는
어머니로

멍에

다가오는 술래 발자국 기척
심장이 쿵쾅인다

온몸 구겨서 구석에 끼워도
쓰레기 봉지만 한 몸뚱이 하나
감추지 못하는 뻥 뚫린 세상
쿵쾅대는 심장 소리
어쩔 수 없어
심장을 끌어안고 숨 멈춘
구석진 숨은 곳

천지신명이시여
감추시고
살아 있게 해주소서

무주공산
오직
너 발자국 움직임 하나
나 하나만의 심장 소리
숨소리

고요가 뱉어내 가릴 수 없다

너의
나의
촉이 살아 꽂히는 건
소란하던 세상이 고요가 되어
또각또각 다가오기 때문에

지어진 멍에
찾는 술래

4월 1일

거짓말처럼 봄이 와
버티고 섰네
오마!

오마!
흰머리
거짓말 같아라
사라져간 청춘

들판 휘젓는 바람아
봄아
멀어진 청춘에게
왔었냐고 물어줘

일어나는 법

넘어져 꺾인 자리
너무 빨리 일어서지 말자
절여오는 아픔을 숨기고 살 테니

넘어져 꺾인 자리
너무 늦게 일어나지 말자
절망이 무거워 일어설 수 없을 테니

넘어져 꺾인 자리
땅 짚고 몸 세워 차근차근 일어서자
그 누가 뭐래도 자빠진 내력은 알아둬야 할 테니

넘어지고 일어난 자리마다
생의 씨앗 듬성듬성 심어져 있어
눈물도 한숨도 거름 되게 일어서자
삶의 벌판 푸르름이 짙어지도록

낙엽 사진

보내요. 낙엽
사진에 담아서

스멀스멀 일어나는
뭔가 있잖소?

말해주오. 당신
나 같은 맘이라고

상념

가을비 온다
비에 젖어 단풍잎
똑 떼어진다

눈치 없는 바람아
마지막 겨우 붙은 힘마저 놓으라고
비 오는 날 흔들어대나

맑은 날 정오쯤
바람, 네가 불어준다면
준비한 길 휘이휘이 날아갈 텐데

잎사귀 하나 뭐라고
차가운 비 오는 날
온몸 젖어 떨구게 하나

철 잃은 개나리

대설입니다
눈으로 세상은 얼어 있고
안개 자욱합니다

추운 대설 공기에도
어떤 세포는 봄으로
살아가는 듯합니다
출근길 울타리에
개나리 한 송이 피었습니다

때아닌 이곳에
피어나온 빛깔이 너무 고와서
애잔한 맘으로 너를 본다

아가,
와버린 시련이면 견뎌야 한다
겪어 낸 시련은 꽃 되어 다시 핀다
알아버린 시련으로
못내
너의 삶을 성원한다

버찌

벚꽃 풀리어 공중에 뛰어들 때
남겨진 속눈썹 서른 아픔이
멍이 되어 까맣게 방울방울 맺혔다

생

태생의 물림으로
개미는 개미대로
새는 새대로
들짐승은 들짐승대로
억겁의 시간
촉수 켜지는 대로
구멍에 개미 들어가고
새집에 새 들고
건초 둔 옴팍한 집에 들짐승
몸 넣다

태생 습성으로
생을 잇는다

사람의 시간이
뭉텅뭉텅 끊겨 사라져 버리고
습성마저 녹아내린다
컴퓨터, 인터넷, 인공지능
어제가 낯선 세상
허공을 느끼는 촉

끌어당길 수 없는 감
끊긴다

쩍쩍 벌어진 벽 사이로
통 바람 들어오는 방에
몸 뉜다
지탱한 노고들을 껴안고
바람에 휩쓸려 멀어져 가는 무엇을 바라볼 뿐
깜깜한 공중으로
눈빛 쏘아 본다

사람의 생
다시 이주할 시간?

순서의 역습

참고막 살
양념 국물 속 자박자박 끓는다
토실토실 육질이 눈에 씹힌다
바다 맛, 육지 맛
경계 없이 어우러졌다

파릇한 봄동
어슷 썰어 양념 풀어 무친다
생기 파래져 몸속을 돈다 이미
참기름은 귀티 나게 봄동 맛을 살린다

접시에 담아
식탁에 놓아두니
배고픈 청명함이 몸속을 깨워
맛과 향으로 이미 빈 속의 축제다

헛!
오마!
텅 빈
밥통

몇천 년 역사가 허물어지는 느낌
달리는 경주마가 고꾸라지는 느낌
빈창자를 훑어 내리는 느낌
성성한 쌀이 원망스럽다

밥통 먼저 열어 볼걸!
순서의 역습

매화

모진 설한풍 견뎌낸 세월을
꽃잎으로 봄바람에 풀어낸다
피었기에
뛰어들어 공중을 누려보고
피었기에
바람처럼 날아도 본다

벅찬 날

윤기 나는 초록으로 보라꽃 품은
비 맞는 제비꽃
옹골차게 생을 품었습니다

부슬부슬 빗줄기 흘러 내는
하늘의 이치가
온갖 생명 품은 흙으로 스며듭니다

향기를 따라온 아이 앞에
훌쩍 커버린 수수꽃다리
또 피어서 봄 모퉁이 길을 기억하게 합니다

젊을 때 젊음인 줄 몰랐고
사랑할 때 사랑임을 몰랐고
어른일 때 어른 된 줄 몰랐습니다

나를 끌고 와 이 만큼 데려오니
이것, 저것, 여기, 저기
아!
삽시다
너무나 벅찬 날입니다

여명

허리가 고장 나니 다리에 묵직한 저림 끌려 나옵니다
목이 고장 나니 어깨에 예리한 통증이 걸려 할딱입니다
귀가 청명하게 들리지 않아 다시 물을 때면
퉁명하게 되돌아오는 대답에 서러움 매달아집니다
손에 쥔 사진, 흙탕물 속 손가락처럼 자욱해진 형체에
눈 비벼 존재의 뭉개짐을 허망이 바라봅니다

육체의 탈선으로
생의 시간에 마음 불 밝히는 중
한 고개 넘어 낯선 삶으로
마음 여명 밝히어 태어나는 중

장승 앞에서

커다랗게 도드라진 치켜진 눈
불쑥불쑥 튀어나온 주먹만 한 이빨
이빨의 태생을 내버려 둔 입술
움푹움푹 붙은 근육
눈 부릅뜨고 마을 길목을 지킨다

액귀를
병을
전천후 막아달라는 사람들의 숙제를
옛 지식인은
숙고하여 스마트창작물 장승을
삶의 터전 입구에 세웠다

새벽 목욕하고 정갈한 정신으로
풍상의 세월 축적한 나무 베어
마음 새겨 세웠을 그 날
세상 평안은 마을에 가득할 거로
얼마나 좋았을까?
염원한 생의 숙제
장승 세우는 날

인생 화첩

농담에
원근에
거침에
끊김에
연속에
강약에
숨김에
여백에

하!
그 자리
그 의미
그 시각
그 끊김
그 숨김
그 여운
인생 화첩

공중에 띄워 둔
나만 보이는 화첩

길

길을 나선다
다녔던 길이 길로 이어진다

낯선 세상에 발 들여
길을 걷는다
구름, 호수, 초원, 양, 소, 사슴, 사람, 가옥, 향.......

일상의
것들이 풀려 나와
풀풀 보여지는 것들

깊은 곳에서 터지는 숨
헉!
다름, 뿌리의 속성, 사유, 발견, 몽매, 습성.......

낯선 타국 길가에서 걸려드는
파랑한 떨림

길!
찾아 걷는 자의 것

* 뉴질랜드, 피지를 여행하다

청소

영역 전쟁
성가신 숙명
존재의 이기심
살아 있을 때 인간의 일

머지않아 먼지 되어
걷어냄을 당할
당신

풍란꽃

햇살이 데려왔나
바람이 데려왔나
홀연히 찾아와
양지에 앉아
바람 쐬는
풍란꽃

일요일

밖에
빗소리 가득합니다
닿는 곳에 따라
다른 소리로 꺼내어
들리게 합니다

비가
살뜰히 내립니다
흙먼지 낀 나무 나무는
오롯이 흠뻑 맞습니다

아침이
촉촉한 평온입니다
빗소리로 음률 만들고
초록이 더 초록되어
눈길에 머물고
물방울 조랑조랑
맑디맑게 맺힙니다

오늘은

비가
맘을 데려와
창가에 앉혀놓고 놉니다

운명

너
와버린 운명이 원망된다고?
너가
너가 말이야
쳐둔 그물에 걸려든 거야

2019년 6월 11일

삶이란 게 이런가 봅니다
이희호 여사님께서 소천하시어 추모객이 줄을 잇고
헝가리 부다페스트에서는
침몰한 유람선이 인양되어 시신을 수습하고
성산동 월드컵경기장에서는
이란과의 축구 경기를 응원하는 함성이
지축을 흔들고 휘몰아쳐 하늘을 찌릅니다

각기 앞에 닥친 인연에
슬퍼하고
통곡하고
애달아 몸서리치고
피 끓듯 응원하고 기도합니다

삶이란 게
희로애락이
공중에 떠다니다 잡히어
사는 사람이 사용하나 봅니다

삶이란 게!

늙은 사자

할퀴고 살아 낸 발을
구석진 뒤안길에서
웅크리고 앉아
상처를 핥고 있다

풍요 저편

깡마른 대지의 나무는
뜨거운 볕 아래서
무엇을 바랄까

장마철
물에 잠긴 나무는
무엇을 바랄까

지나친 넘침은
저편에서 간절히 원하는 것

지금 울어대는 매미는
긴 세월 어둠 속 침묵의 저편

일상의 풍요는
누군가는 처절한 갈망의 빛깔

나무 이야기

바람이 칼춤을 출 때는
가지들이 총력으로 휘휘 돌며
휘어지고, 찢어지고 살 뜯김 당하며
줄기를 지켜낸다

바람이 지난 뒤엔
찢긴 가지들을 발등에 두고
뿌리에게 그 숨결 느끼라 한다
새 가지 돋아내어 무성케 하겠다고
열매 익혀내어 이어가겠다고
물 올려 보낸다
뿌리는

유산

활활 생을 태우다
벌겋게 죽어버린 단풍나무 잎사귀가
칭송받는
가을인가 보오

구절초와 단풍

너는
어째 파르르 떨면서
하양 속살을 찬 공기에 내놓느냐
감기 들라

너는 또
어찌하려고
빨간 잎사귀 살랑대느냐
기러기 올쯤 되었나 보다
쌀쌀하다
너 있는 자리

완전한 도달

개찰구 입구에서 전철 들어오는 소리 들린다
오금 저리는 조급한 뜀박질
붕 튀어 오른다
쑤욱
통쾌한 느낌
완전한 도달

단풍십일홍

잠시
이목 집중된 화려한 모습
머지않아 찬바람 맞소

도리 없이 바람 한 줄기에도 파르르 떨리고
햇살이 잎맥까지 드러내어 버리면
숨기려 해도 어쩔 수 없이 도드라지는 행적

입동 바람이
걸친 권세 뚝뚝 떨어내고
맨몸으로 설한풍을 견디게 한다

발견

누런 은행잎
빨간 단풍잎
허연 머리칼

아하!
노년이구나
세월 꽃 피는 거네

거죽의 여운

강원도 강릉으로 떠나는 새벽차
술 냄새 풍기는 아저씨가 앉았다
어느 정류장에서 가방 둘러메고 내린다
비워진 자리
남겨진 술 냄새
짐 진 뒷모습에 질척이는 걸음걸이
헛헛한 삶의 모습이 차창 밖을 떠간다

강릉을 숨으로 들이켜다

경치 빼어난 곳 골골이 찾아들어
조선 벼슬아치들 음풍농월한 정자에
후세 평범한 아녀자 그곳에 앉아
유구한 산천의 피고 짐을 생각했네
타고 난 시대 복을
숨으로 들이키어 허파에 감추었다

기도

어둠이 긴 밤
불행은 오지 말라고
명쾌한 행복만 오라고
해 닮은 팥죽 쑤어 차려두고
혈연의 평안을
지극으로 기도드린
내 어릴 적
어머니 뒷모습

시간 매듭

세밑입니다
지체할 수 없는 삶의 여정에서
듬성듬성 기뻐서 웃으시고
듬성듬성 희망하시고
간간이 파릇한 사랑 하옵소서

2부

제주도 1월

봄비처럼 주룩주룩 비 내리는
23도 기온의 제주도 1월 초
산야의 생명들은
고적하게 추위를 견디는 시간
복숭아, 진달래, 산수유는
이불도 펴기 전에 잠 깨야겠다

사라지는 의미

달걀 물에 담그고 불 위에 냄비 올린다
오늘을 살기 위해

살리기 위해 먹히는 것들
살려내고 먹히는 것들

만만 년 삶의 이음이
쌀, 보리, 푸성귀, 명태.......
나를 살리는 것들
어제와 다르게 달걀 씹힌다

지렁이가 개구리를 살리고
붕어가 두루미 살리고
한 숟갈의 밥이 식도를 넘어가서
죽은 쌀이 육신을 일으킨다

생명은 꼭
살려내면서 사라진다

1월

기다리는 일색입니다

잔잔한 물결은 무성한 나무 그림자를 기다리고
마른 잎 잘린 물가 갈대는 따뜻한 봄기운을 기다리고
눈 날리는 물가에 서서 학도 다가올 먹이를 기다립니다
기다리는 것이 올쯤을 알고 북서풍 참아내며
하늘을 받아내는
기다리는 일색입니다

기다린다는 것은
두고 간 향기를 오롯이 품고
다시 향기를 새겨갈 마음입니다

활짝 피어봄

2월
베란다에 봄이 찾아왔습니다
참말로 앙증맞고 신비하고 애처롭기도 합니다
봄이 풍란꽃을 데리고 왔습니다

피면서
잎사귀 한 잎씩 누렇게 시들어 떨구는
간난의 세월을 감당합니다

몽글몽글 태양 빛을 수확하는 건지
육신을 산화해 가는 건지
꽃 피운다는 것이 이런 건가 봅니다

올 때는 철 넘어 고달프게 오더니
질 때는 몇 날 만에 뚝 떨어지고 말았습니다
활짝 피어봄이 이런 건가 봅니다

이별 뒤에

온 길을 맘속에 억겁으로 개어 두고
골목 귀퉁이에서
"잘 가라." 두 마디 말로 공중에 뿌려 버리고는
한잔의 커피가
식당의 두 자리가
자전거 뒷자리가 시리게 보이는
그런 눈을 가지게 되었습니다

능수버들

드레스 살랑대며
연두 립스틱 매초롬히 바른
버들가지 신부 보소

파란 하늘 어머니는
먼 곳에서 바라보는데

버들 신부
바람 신랑에 안겨
긴 겨울 못다 한 정분
봄날에 애교 깊다

묻거든

설상가상이란 인간에게만 있는 핑계
때 되면 만물은 일어나는 것
입혀진 운명만큼 깜박거리다
가차 없이 먼지로 되돌아가는 것

인간이란 굴레에서 생겨났다가
인간이란 삶에서 꺼지는 날
묻거든
데이지꽃 맑은 하양과
길모퉁이 라일락 꽃향기를 가져가고 싶소

기다리지 마소

꽃 피는 지금
어디 서 있소

망에 걸려든
그것이 내 것이오

당신이 보입니다

곰살궂게 살아온 당신
켜켜이 소망 품은 목련꽃 닮았소
봉실한 손 모아 하얀 마음 감싸 안고
하늘 향해 기도드리는

돌다 돌다 띄엄띄엄 흔적 두고 온 당신
개나리꽃 닮았소
얽히고설키고 꺾이며 지나온 여정에
사뭇 입꼬리 올려 벽에 기대 미소 짓는

강물에 섞이는 한 줄기 도랑물처럼
물방울로 사는 당신
산수유꽃 닮았소
있는 듯 없는 듯 꽃으로 피어나서
온갖 생이 만발할 제
흔적조차 사그라져 소멸하는

후회

그땐 몰랐당게
어쩔까
알았으면 했제
아쉽당게
지나간 거 냅둬 불고
인자부터
눈 똑 뜨고 야물탁지게
해볼라요

아이들 소리

아이들의 목소리는 숲속 새소리 닮았다
맑고 청량한 생기가 화살처럼
하늘 속으로 튕겨 오른다
통통 튀어 굴러오는 말 방울이
방울방울 달려와 알뜰하게 귀에 담긴다
짱짱하게 힘이 박혀 공중에 심어진다

숙고

자고 깨는 터를
달팽이 길 지나듯 속속 닦는다

먼지 된 존재를
걸레에 묻혀 버리는 일

닦아 내는 터 주인도
언젠가는 달팽이 가는 길
먼지 되어
달팽이 배 밑에 밟히겠지

일어난다는 것

아침에 몸을 일으킨다는 건
백만 년 천만 년 기운이 피어나는 것

몸을 일으킨다는 건
우주의 하나가 깨어나는 것

깨어나 걷는다는 건
우주의 별빛으로 깜박인다는 것

왔다 갔는지 모를지라도

비보를 듣고
울어주는 누군가 있는 사람
존재가 힘이 돼준 사람

비보를 듣고
잠 못 이루는 누군가가 있는 사람
진정으로 명성이 있었던 사람

비보를 듣고
기도해주는 누군가가 있는 사람
괜찮은 사람

멀리서 바라보는 지평선처럼
타인의 삶을 바라보며
내 삶에 말이 걸어진다
'잘 살자.'
'내가 미소 짓게 살자.'
나 왔다 갔는지 모를지라도

새겨진 무늬로

비 오는 길을
맘 닿는 속도로 산책을 합니다
제각기 다른 모습으로 비를 맞습니다
나무는 나무대로
냇물은 냇물대로
기대를 거두어 담는지
경건하고 엄숙합니다

빗줄기 쏟아질 때
비둘기 한 마리 풀밭에 누워
뒤적뒤적 날개를 펼쳐 목욕하면
씻겨준 빗물은 땅으로 스밉니다

비 오는 날
나름대로 계획이 섬세합니다
새겨진 무늬로 살아내는
신비를 봅니다

냇물은
빗방울을 거둬들여 안고 유유히 흘러가고

물 위의 청둥오리는
역으로 헤엄쳐 오르며 먹이를 찾느라 발버둥 칩니다
물 따라가지 못하고 사는 터를 뱅뱅 돌면서

하늘도 살아야 내 것

개미야,
몸뚱어리 잔디 씨만 해도
피가 도는 한 빈 배는 채워야 존재
살거라
살자
터럭 같은 다리가 움직일 때까지

어젯밤
비바람에 가지 꺾이어
송진 흘러 내어 상처에 바르고
아침 안개 속 우뚝 선 소나무
더 푸르게 하늘을 향한다

하늘도 살아야 내 것

바램

번민이 출렁이면
꽃이 꽃이 아니고
걸어도 걷는 게 아니다
눈을 감아도 눈을 떠도
마음을 휘젓는다

번민아,
고향이 마음이더냐
휘휘 저 멀리 돌다 숨 가벼워지면
하얀 물방울로 돌아와 똑 떨려 주렴

독버섯

불쑥 솟았다
빛이 음습을 거두지 않을 때
탐스럽게 화사함으로 건장한 듯
모습 드러내었다

장마가 지난 뒤
축축한 자리
나무다리 틈새
버드나무 몸뚱이
경계 없이 불쑥 솟았다
서슴없이
빛 아래 솟았다

빛
음습을 거두고
탐스러운 독버섯 몸뚱어리를
누렇게 삭이어 주저앉힌다

빛으로 독버섯 쓰러진다
빛이 맑으면 독은 스러진다

조우

햇빛 쏟아지는 대낮
비둘기 모래밭에 누워 나름 즐긴다
산책 나온 강아지 걸음에
몸 일으키고 바짝 긴장한다

땅 위에서 찾은 양식 주우며
운명만큼 긴장하며 살아가는
비둘기와 개의 조우

짝

바닷가 찬바람
오월에 누워본 바닷가 몽돌

내일로 닥친 숙제
느닷없이 하고픈 철 지난 옷장 정리

서늘한 문장 한 줄
벌떡 일어나 거실을 휘돌아 생각 좇는 걸음

몽글몽글 피어오른 빨간 제라늄
나만 모른 나의 예쁨

채소 파는 길가 늙은 어머니
머리카락, 먼지 붙인 테이프의 처지

유모차에 탄 강아지
요양원 가신 어머니

청년이 들고 가는 태블릿 PC
나이든 이의 까닭 모를 앞날의 무서움

배꼽 보이는 옷차림
여전히 감춰진 나의 속살

유행된 준말
세대 간 말의 불통

"아야, 뛰지 마라! 배 꺼질라." 유행가 가사
풍요 속 노곤한 다이어트

바람의 말

추분 바람이 서늘하다
먼 데서 온 듯한 바람이
지나간 날들을 데려와
초라한 모습으로 앉힌다

바람이 말을 거는지
말을 걸어 바람이 이는지
서늘한 바람 심정에 들어와
마음 문을 열어 본다

따스한 뭔가 있었음을
송골송골 맺는 땀방울이 나를 잊게 했음을
비우고 가버린 뜨거운 바람의 자리를
서늘한 바람이 채우며 말을 건다

가을 해 질 무렵

가을
해 질 무렵은
산빛이 밝습니다

마다마다 빛깔 다듬어 새기고
살아낸 무늬로 단장하고는
가을 해 질 무렵
바람, 대지에 전하는
생명의 불 밝힘 때문입니다

하늘가에서 불그레 감싸주는
해의 심정을 도무지 알 수 없습니다

바람이 일기 시작하면

바람이 일기 시작하면
걷잡을 수 없다

깜깜한 밤에도 서리가 와도 천둥 비바람 몰아쳐도
은행잎, 단풍잎은 물들이기에 물러섬 없다

바람이 일기 시작하면
걷잡을 수 없다

푸르고 어린 감 한 알이 여물기 시작하면
단맛 심어서 둥근 우주로 만드는 걸 누가 막으리

바람 일고 바람이 돌아서
바람 끝에는 바람 닮은 깃발이 펄럭인다

순간

막 단풍잎 하나
말끔히 쓸어낸
마당 한복판에 떨린다
땀 닦다 말고 그 자리
잎 하나에 마음 고인다

붉은 물들며 살아온 날을
내 앞에 바치는 날
천만 다행히 귀퉁이 쓸어 맞이했네
잎 하나
사람 하나
순간을 얻는 날

김장배추

찬 겨울이 젖어 드는 어느 날
뽑혀온 배추는
예비 된 양념을 맞아들일 의식으로
소금을 둘러 입고
흙을 향해
물을 향해
해를 향해
기운 다하도록 기도했다

오싹한 떨림

오늘
나, 손 타는 것은
죽여지는 것도
살려지는 것도
팽개치는 것도

생각하니
우주 한복판
내가
오싹한 지배자였음

2020년 11월 바람

바람이 인다
일렁이는 물결 위에서
살랑이는 버드나무 가지에서
건들거리는 빨랫줄 옷자락에서
타클라마칸 굽이치는 모래 결에서
바람이 인다

바람을 본다
새잎의 움틈으로
담쟁이 물듦으로
거리에 쓸려가는 낙엽으로
기러기 비행하는 행렬로
바람을 본다

세풍이 분다
트로트 가요 열풍
동학 개미 주식 열풍
코로나19 팬데믹 아우성
검찰개혁 여의도 국민 함성
2020 바람이 불어댄다

사람과 사람의 심정 교신
바람이 바람으로 바람길을 열어간다
세풍이 분다

덕담

지금, 오늘을 성취하세요

못내 아쉬워 뒤돌아보는 세밑
아름다운 것
행복한 시간
그리운 사람
씁쓸한 그 일
삶의 골마다
깃발이 꽂혀 펄럭입니다
꽂아 둔 그곳은 내 가슴입니다

고맙습니다
일렁일렁 때때로 찾아와
슬그머니 미소 주소서

마음 풍경

마음이 충돌하면 쉼 없이 파닥이며 발버둥 친다
너의 언행과 나의 방패가 비틀고 엎어 치면서

걱정이 돋아나면
검은 그림자 되었다가 불티로 사위어 가고
발목이 잡히었다 맘 끝에 매달리고
들었다 놨다 뒤집었다 폈다
쏟아지는 심정 부스러기
뿌옇게 흐물거릴 때

옆에서 들려오는 유행가 가사
마음에 빠져들어 와
가슴 다독이며 흥얼대라 한다

저 멀리
석가지 달고 서 있는 소나무 푸름이 눈부시다
푸르름 속 석가지 보인다

있을 뿐

비출 뿐
눈뜬 이 길 찾아 걷게
해 있었네

있을 뿐
사는 이 오롯이 혼자 놔두는
달 있었네

흐를 뿐
욕망한 자의 덧없음을 걸쳐둔
세월 있었네

애미

또 하고 말았습니다
관심이 아들에게로 만 흘러서
상상이 말이 되어 쏟아내 버렸습니다

온 우주를 더듬어 보고
티끌만 한 경험조각들을 꿰매어
깎이고 쓰라려가면서 위한다는 착각을 저질렀습니다
맞춰보고 입혀보고 잘라내고
1초에 골백번 입혀보다가 쏟고 말았습니다

한 치 앞을 모르는 삶의 여정에
누구의 앞을 인도하려는 무모함인지
내 발이 걸리는 길이 나만의 길인 것을
지금 걷는 길이 나만의 길 트임인 것을
애미의 욕심이 헛발을 딛고 말았습니다

혹시나
마음도 길이 놓여야 오갈 수 있을 것 같아
듬성듬성 움푹움푹 맘 징검다리를 놓았답니다
애미가 새끼에게 향하는 오매불망한 숙명이라

마취

의사
"잇몸 치료 마취합니다."
"조금 따끔합니다."

입 가득 쑤셔 넣은 이물질감
5분 후쯤
입속에 공사장이 펼쳐진다
삽 소리, 드릴 소리, 째지는 소리, 무너지는 소리, 질척이
며 캐내는 소리

의사
"다 되었습니다."
"물 양치하세요."

못자리 논둑마냥 묵직하게 덮인 입술
잘못 닫힌 무쇠솥 뚜껑처럼 아구지가 맞지 않아
물이 틈으로 줄줄 샌다
입술의 부드러움
입술의 도타운 두께
입술의 야무진 잠금

입술 속 혀가 입술의 존재를 온몸으로 전해준다

태산 같은 무게
구름 같은 묵직함
파도 같은 침식으로 파고드는 신경
다시 공기처럼 입술은 의식되지 않는다

존재를 잃게 하고
존재를 의식하게 하는
그래서 존재가 존재를 애타게 살피어
보듬고 아끼고 살려야 하나 보다

핀 것들의 오늘

영산홍 피어서 눈길 끌어당기고
이팝 꽃 피어서 바람에 낭창거리네
나도 피어서 밥 먹고 일 간다

놔두세

구름 보면 구름을 타고
바람 불면 바람으로 불어 보세
마음 놔두세
풀리어 가다 유행가 가사에 낚이어
낱낱이 뱉어 놓도록 흥얼거려 보세
마음 놔두세
마음이 가는 길은
놔두어 보세

황천 포구

강화도 황천 포구 어느 메쯤
땅끝에 엉겨 붙은 소복한 펄 구릉
어머니 가슴 같다
펄럭이는 깃발 같다
가벼운 인연이 쌓임이런가
쌓여서 무거운 인연이런가
썰물에 드러내고
밀물에 묻히고 마는
억겁의 인연 덩어리

쉼 없이 치는 파도에
흙탕물 떠돌다 떠돌다
어찌어찌 내려앉아 구릉 이뤘소
정처 없는 가벼움 마저 물속에 눕히고 마는
억겁의 인연 덩어리
밀물에 골골이 덮인다

구멍

구멍 뚫렸다
버드나무 몸뚱이 한복판에
관통을 견뎌 냈을 한동안의 고통
이제는 가슴팍 구멍으로 하늘을 들인다
구멍만큼

살 돋아올 때
거센 눈보라, 휘몰아치는 태풍
스쳤을 상처
이제는 도독하게 살 돋아
구멍 멀리 키워 보낸 가지가지에 잎 무성하다

삶에
견뎌 내는 흔적들이 고여 있으리
어딘가에

오늘을 아끼지 말아야지

대서

덥다
무척 덥다
따갑게 꽂히는 햇빛을 피한
이른 출근길을 택했다

달려오는 전철
사람들을 가득 채우고
헐떡이며 다가온다

새벽의 한산한 기운을 쫓아 버리고
일터로 향한 사람들의 일념이
전철 칸마다 열기로 덮었다

전철에 몸 싣고
함께 향해 가며
새벽을 걷는 자는
새벽의 동틈을 보고 간다는 것을
대서에 알았습니다

인연

이슬이
잔디 위에
수국꽃 이파리에
억새 풀 위에 매달렸습니다
공중을 떠돌다 이 지점에
아슬하게 온 힘으로 매달렸습니다

인연을 생각합니다
물 위에 떨리는 나뭇잎
질경이 이파리 지나는 바람
엉겅퀴 꽃 속에 파고든 벌
핀란드 국경선을 넘어
러시아 입국 길목의 러시아 군인
무량억겁의 인연입니다
머무는 곳이 인연입니다
보는 순간이 인연입니다

바라보는 대로
겪어내는 대로
마음에 맺히는 것이 인연입니다

언저리

사납게 덥습니다
땀으로 씻겨 내려가는 땟국물이 머리부터 흘러내립니다
공원을 공사하는 사람들입니다
기계를 움켜잡은 손마디는 옹골찹니다

갑자기
스프링클러에서 물이 풀어집니다
빙글빙글 돌면서 뿌려집니다
안개처럼 작은 물방울로 정해진 거리만큼만
더운 아침나절에 공원의 물을 나눕니다

가까이 선 나무는 흥건히 젖어 물이 흘러내립니다
쏘아주는 거리에 미치지 못한 나무는
물 내음만으로 초록입니다
길 건너 매미 울어대는 나무는
불볕에 시들은 잎을 달고 하늘을 볼 뿐입니다

세상이 열릴 때
와버린 운명으로 살아가는 것들
어디쯤 서서 땀방울 흘리고 있을까

스프링클러 물 뿌림으로 중심과 언저리가 선명하게 보
인다
중심의 넘침과 언저리의 허망한 견딤이
하늘 아래 홍건히 있습니다

폭포수의 결심

흘러온 까닭 되묻지 않기
뛰어들어 작아져 가벼워지기
가열하게 부딪혀 솟구치기
깊이 파고들어 회오리 되기
솟구친 힘 가라앉히기
유유히 맴돌다 다시 흐르기
와버린 지금에 물줄기 보태기

돌아서 가는 곳

머리 곧 세워
보고
다가가고 멈추고 뛰고

광활한 세상
찾아 헤매다 돌아서 가는 곳
나무 아래 풀숲

그렇게 살다 쓰러진
늙은 사자

줍다

마주침 하나 씨앗이 되면
헤맴 속에 길이 트입니다

마음이 뿌리가 되면
세상 어디든 살게 합니다

인연이 가지를 치면
삶의 숲을 무성하게 이룹니다

우연이 정성으로 키워지면
삶의 하늘에 무지개를 띄웁니다

기어이 걸어온 생의 뒤안길
뒤돌아보면 낭떠러지 아찔한 외길 숲

지나온 길섶에서 피고 지고 온 길
길모퉁이에서 줍습니다

선인장 가시에 물방울 맺혔습니다
물 떠다 주고 간 이 누구입니까

들리는 말

어떤 말에 쏠릴 적엔
그 말 근처에
내가 있다는 것

어떤 말이 들린다는 건
그 말의 생명이 내 맘에
연결되었다는 것

숲에서

8월의 아침 숲이다
비 온 뒤 젖은 흙냄새
잎에 달랑이는 물방울
비 맞은 나무줄기의 거무스름한 각자의 고독
흙에서 길어 올린 초록의 물결
하늘은 구름이 있어도 밝다

8월의 아침 숲이다
풀벌레 쉼 없이 울어댄다
매미도 비둘기도 제 소리 내어 울어댄다
연유야 어떻든
비둘기는 속울음처럼 구슬프고
쓰르라미는 쓰라리게 쓸쓸하고
매미는 시간을 쫓아내듯 조급하다
각자가 몸을 훑어내어 운다
제 소리로 울어 울어 한이 없도록
미미한 삶 울다 가소서
존재가 들려온다 숲에서

8월의 아침 숲이다

토끼 두 마리 풀을 뜯는다
까치 경중 뛰어 개구리 한 마리 물었다
모기 손등에 침 꽂는다
먹이는 본디 타고난 습성대로 찾는 것
하루를 견뎌낼 빈창자 채우는 건
사는 것의 숙명
터 잡은 곳에서
오늘은 각자의 시간

생은
있는 자리에서 가득하게 한창이다

경계선

낮이 밤으로 물들어 갈 때
낮 속에서 밤이 차오른다
밤이 낮으로 지워질 때
밤 속에서 밝음이 차오른다

뿌리에 줄기가 물리고
줄기에 잎이 물리고
줄기에 잎에 꽃이 물리고
꽃에 열매 물렸다
열매에 경계선 없다

전쟁에서 경계선 긋고
불안에서 경계선 친다

자연의 깊은 품은 경계선 없고
인간의 헛된 욕망으로 경계선 친다

한로

농촌 들녘이 누렇게 익어지니
거무스름히 익어가며 농부는 훑는다
하늘의 찬 기운 풀잎에 이슬지니
무리 지은 철새들 처소 찾아 소란하다
시간이 흐르다가 이슬로 맺는 시기
갈 것은 가고 올 것은 기어코 오고 마는

천애 고아 최성봉을 듣고

나 하나가 운다
나 하나 속이 아려서
나 하나 밖이 아파서
공중에 홀로 서서 운다

나 하나가 운다
햇살이 얼마나
바람이 얼마나
별빛이 얼마나
나 하나의 숨이 되었는지
헤아리며 운다

나 하나가 통 울음을 운다
온몸이 몸을 느껴서
몸에 파고드는 세상이
물이 되어
소리 되어
몸 흔들어 끌어낸다

가야 할 예정은

가고 있는 것의 뒤태를 본다
세상 끝자락에서

미련

가지 못하고 뱅뱅 돌다가
또 돌아봐도
가지에 걸려
펄럭거린 것

타지 못한 기차가
남기고 간 소리에
귀대고 몸 달아 쫓아가는
이루지 못한 마음

쫄깃한 맛

할딱거리는 숨을 쉬며
전철을 한 발 사이로 겨우 탔다
성취한 후련함과 벅참
예비 없이 찾아온
쫄깃한 맛
아자!

이 맛으로 산다

비행기 떠간다

먼 김포공항 하늘에
비행기 떠간다

누군가는
목 빼고 기다리는 설렘이

누군가는
속울음 깨무는 입술 문 이별이

비행기는
태워간다

행운

무작정 나서서 정류장에 오면
전철이 딱 들어오고
갈아타는 버스 정류장에 오면
떠나려는 버스가 출발하려 부르르 떠는
이런 것이
행운

문득

개미 사는 모습이 애잔했다
지렁이의 배 걸음을 하찮게 여겼다

문득
두 발 나의 걸음
생의 나날을 살게 한 개미 걸음 같은 것을
지렁이 배 걸음 같은 것을

하찮은 걸음은 없다
소복한 소망을 지고 가는 걸음만 있다

내 빛깔

진달래야,
몇 날을 살다 가려고 여리게 피어나
파르르 떨면서 그리 곱게 산중에 피었소

아니
저 모습 나?
저토록 고운?
나만 모른?

살아야겠다
저런 빛깔로 피어 있을 때

봄나들이

봄기운을 이길 수 없어 목적 없이 집을 나선다
아파트 앞뜰에 화사하게 진달래 피었다
할머니 둘이서 진달래 앞에서 소란하다
검둥이와 흰둥이 두 강아지를 진달래를 배경으로 사진
찍는 중
주둥이를 처박고 킁킁대는 강아지
"여기 봐."라고 소리치지만, 강아지는 제 일에 열중이다.
"여기 봐, 여기 보세요."
"에잇! 못 살아!" 두 할머니 목소리 거칠다
강아지를 안고서 털을 가다듬고 진달래 가지 사이로 끼
워 넣는다
손이 덜 나오게 찍으란다

강아지는 사람처럼
폼 재며 봄꽃 앞에 나서야겠다
강아지는 몰라도
진달래는 다 들었을 거다

채근

밖으로 나와봐요
얼른 나와봐요
서둘러 나와요
상쾌한 맛이 기가 막혀요

사람들 가벼이 걷고
새들이 노래 부르고
풀잎들 한들거리는
집 밖으로 나와요

산 데서 서로의 진동으로
또렷이 살아가는
없이는 못 사는
만물이 어우러졌어요

바람이 지어주는 무늬를
호수는 잔잔한 물결로
만들고 노네요
어서 나와봐요

아침 풍경

아침
진득하게 붙은 노곤함 떼어 내고
물비늘 아른거리는 호숫가
그늘 밑 나무 의자에 앉았다

바람이 찔러 두고 간
상쾌가 동맥을 깨운다

물가에 밥상을 차린 갈대들은
각자의 뿌리로
뿌리의 연결로
연결의 힘으로
힘 있게 초록의 함성을 지른다

바람이 전한 만큼
온몸으로 흔들려 주고
바람의 전함을
귀 대어 들어 주는
미루나무의 정성이
높은 하늘에서 살아간다

톤 낮은 새가 말하면
톤 낮은 새가 뒤따라 대답하고
옹달종달 말하면
옹달종달 뒤따라 대답하고
속삭이듯 말하면
속삭이듯 뒤따라 대답하는
새들의 오늘이 물가 숲에 가득하다

절대로 머물지 않을 지금이
눈앞에 가득하다

덩달아

덩달아 뛰었습니다
아가씨가 뛰길래
그냥 덩달아

생각 없이 몸 기운이
따라 뛰고 싶었습니다

전철을 기다리며
까닭 모를 미소를 머금었습니다
덩달아
고여 드는 오늘의 맛이 번집니다

회상

냉장고 속 녹두가
어머니를 소생시킨다

뙤약볕 아래
웅크리고 앉아 밭맸던 어머니와 그 딸
펄펄 끓는 콩밭 두렁 따라 익은 까만 녹두 따느라
어머니도 딸도 익어버렸지

혼자서 토닥토닥 녹두알갱이 모아
서울 사는 딸내미 먹어보라고
봉지 싸맸을 어머니 모습이
선명히 돋아난다

시간에 묻힌 기억들이
시간으로 소멸한 추억들이
삼라만상에 기다리고 있다가
홀연히 다가와
소멸한 것들을 살려내는
과거와 지금이 만나는

회상!

작은 것들

8월의 아침
풀숲 옆에 앉아보니
요란하다
풀벌레 소리

가만히 들어야
귀 대고 들어야
한참을 들어야
들려지는 소리

살아내는 소리가
풀숲에서
들려온다

작은 것들은
애달픈 것들은
숲을 지어야
소리가 된다

바람에

실리지도 못하고
까무러쳐 지워지는 소리

울어라
그래, 울어라
숲 지으니
들려온다

풀숲에
풀벌레 산다

까닭

코로나19가 휩쓴 몸 구석구석을
생기로 되찾고 싶어 산책을 나섰다

그늘에 놓인 의자에 앉아

나무 틈새 포르르 뛰는 참새 무리
죽은 잠자리 날개 죽지 물고 집 찾는 개미
시들어 가는 수국꽃
바람이 흔들어 놓은 백일홍 열매
흔들리다 제 자리로 온다

바람이 가늘면 가늘게 흔들리고
바람이 거세면 거세게 흔들린다

각자가 오늘을 살아낸다
닥쳐온 바람으로 비틀리고 휘어져
새겨진 세상을 온몸에 입힌다

몸부림치는 모습
거기에서

여기에서
모두 까닭이 있다는 걸

4일째 아침

이태원 참사
종잡을 수 없는 무겁고 애끓는 마음
가득 채우고
항상 선 자리
신호등 앞에 섰습니다

'별 헤는 밤'
윤동주 시인이
벅차게 떠올라
고개 들어 하늘을 보았습니다

하늘에 해가
본 빛을 감추고
달처럼
아침 동쪽 하늘에 떠 있습니다

모습이
빛깔이
활력이
맘처럼 보입니다

몸뚱어리 하나에
마음이 스며들어
해마저
맘대로 새겨둡니다

오로지 내 것인
오늘입니다

변화

80년대
직장 첫 시작은
반공일 토요일로 불리었고
토요일 반나절 근무하고
일요일 일직하고
공휴일 일직하고
직장은 연중무휴 순번제로 근무

시간은 흘러
일요일 일직 사라지고
공휴일 일직 사라지고
변화의 물결이 밀려와
따름으로 순응으로 새 바람으로 신선하게
생각을 짜 맞췄다

시간은 흘러
토, 일요일 쉬고
토, 일요일 일직도 없고
공휴일도 공휴일이고 국경일은 대체휴일까지
시스템의 톱니바퀴에 휩쓸려 돌아가다가

바퀴에서 떨어진 흙덩이마냥
뻘쭘히 낯설게 앉아
지난날 뒤꽁무니에 읊조려보오

가봐야 안다
겪어봐야 안다

겨울

만물이 집중 중
나무는 잎을 벗어버리고
물은 바람의 애교를 얼려버리고
흙은 풀뿌리 간지럼을 단절해 버리고

세상에 오직 모습만 세워두고
집중 중
공기의 기운을
햇살의 온기를
소리의 끈적임을
훑어 담고
걸러 보내고
다시 생을 시작할 기운을
온 촉으로 집중한다

삶의 밭

삶이란 배에 올라타면
탈출구란 없다
갈망하다 찾다가
아무것도 갖지 못한 채
간난의 터에서 소멸한다

그 무엇도
구출하러 오지 않는
무심한 터
그 옆

소멸하고
생성하고
무던히
이어진다

견디다 나온 청년

한두 방울 빗방울 떨어진다
구름 낀 이른 아침 출근길 길목
너른 약국 앞 바닥에 느닷없이 처음
양말 장을 펼친 청년

비구름 뒤덮여 비 쏟을 듯한데
하늘 향해 손바닥 폈다 내렸다
휴대전화 터치를 했다 말다
하늘을 보다 주위 보다
상황 망극하다

어쩌다 결심 굳히고
이른 출근길에 양말 장을 생각했소
하물며 이참에 비마저 망설이니
애간장 타는 마음
당신 맘에 보태오

처음 가본 인생길 누구나 같다오
힘내요
오전까지 비야, 오지 마소

그물

문득
음악이 들린다는 건
마음 바다에 실개천 흘러
가슴 적셔지고 있다는 것

누군가의 뒷모습에 쓸쓸함이 보인다는 건
거기 근처에
나
있다는 것

아까워 몸부림치는 건
잡힐 듯 말 듯 손끝에서
놓쳤다는 것

그립다는 건
삶의 굴곡에서
이곳저곳 앉아봤다는 것

보인다는 건
나, 거기
한참을 마음 쏟았다는 것

꽃에게서

꽃에게서
몸에 스민 시간의 펼침과
빛을 바라보는 숙연함과
흙 위에 온전히 선 모습을 배웠다

사진

추억 씨앗을 흘리고 온 날
언제나처럼 밤이 덮어 주었다

덮고 덮인 까만 밤들의 퇴적층에서
파릇한 그 날들이 피어나겠지
훗날 곰 익은 나로부터
고웁다
잠꼬대하듯 터져 나오겠다

오늘 색

몹시 더운 뒷날

살랑이는 비에 공기도 젖고
잎들도 젖고 발자국도 젖었다

공기는 선들 색
잎들은 잘난 척 색
나는 도대체 색?
아니 레몬 맛 색

톡 쏘는 신맛 눈빛으로
오늘 색을 재어본다

오늘 색은 뭣?
당신은

안다는 것

오늘 울지 않으면
후회할 것 같아서 우는 매미보다
어제
그제
울어서 아파본 매미가
오늘을 더 절실하게 울어 젖힌다

10월의 마곡사

때를 드러내 놓은 자연
주어진 대로 받아들이는 자연
하늘빛
물빛
이 중에 나도 섞여 있으리

산다는 게 오묘한
피고 짐의 어울림

다행이다

쭉
질주할 길만 있다면
얼마나 숨이 찰까?
바빠진 맘 따라서
앞만 보고 타인 뒷모습만 볼 테지

다행이다
걸음 멈추게 하는 건널목 신호등
구불거리는 붐비는 좁은 길
멈추게 하는 것들이 있어서
참, 다행이다

하늘에 구름, 바람의 스침
길가에 즐비한 생명의 마주침
잠시 걸음 멈춰진 곳에
찾아든다

참, 다행이다
멈추는 곳에
다 있다

인식된 것에 대한

살색은 인종차별적인 표현이라 사용하지 말고
살구 닮은 살구색으로 표현하라는 개정된 낱말

어린 시절에 체득한 지식을 빼내지 못하고
피부색이 다른 사람들을 보고서야 겨우 인식된
살구색

어릴 적 환경과 배우고 익힘은
몸속을 흐르는 피가 된다
부셔서 고쳐 변경하려면
겪고 보고 사고하고 공감됨을 거쳐야 내 것

머리카락이, 눈동자가, 얼굴색이
내 인식과 다르게 표현된
유명 화가의 작품을 이제 겨우 알 것 같다
몇 나라를 여행한 후
예술가의 작품이 그들의 환경이었음을
그들의 의식이었음을
백번을 끄떡이며 이해하게 되었다

세상은 나의 이해 속에 펼쳐지고
세상은 나의 인식으로 굴러간다

끝과 시작

끝과 시작
시작과 끝
같은 점에서 나고 소멸한다

끝에 있다는 건
이미 시작의 낭떠러지에서 뛰어내렸다는 것

끝에 있다는 건
시작의 색을 입혀주고 무채색으로 지워져 가는 것

봐봐

옴막한
구덩이 물에도

하늘이
고여 있어

초판 1쇄 발행 2024. 8. 21.

지은이 김봉년
펴낸이 김병호
펴낸곳 주식회사 바른북스

편집진행 박하연
디자인 양헌경

등록 2019년 4월 3일 제2019-000040호
주소 서울시 성동구 연무장5길 9-16, 301호 (성수동2가, 블루스톤타워)
대표전화 070-7857-9719 | **경영지원** 02-3409-9719 | **팩스** 070-7610-9820

•바른북스는 여러분의 다양한 아이디어와 원고 투고를 설레는 마음으로 기다리고 있습니다.

이메일 barunbooks21@naver.com | **원고투고** barunbooks21@naver.com
홈페이지 www.barunbooks.com | **공식 블로그** blog.naver.com/barunbooks7
공식 포스트 post.naver.com/barunbooks7 | **페이스북** facebook.com/barunbooks7

ⓒ 김봉년, 2024
ISBN 979-11-7263-105-5 03810